小凉山歌谣

鲁若迪基 著

天津出版传媒集团

百花文艺出版社

图书在版编目（CIP）数据

小凉山歌谣 / 鲁若迪基著. -- 天津：百花文艺出版社，2023.11
ISBN 978-7-5306-8676-8

Ⅰ. ①小… Ⅱ. ①鲁… Ⅲ. ①诗集–中国–当代 Ⅳ. ①I227

中国国家版本馆 CIP 数据核字(2023)第 203947 号

小凉山歌谣
XIAOLIANGSHAN GEYAO

鲁若迪基　著

出 版 人：薛印胜
选题策划：汪惠仁　　　　　编辑统筹：徐福伟
责任编辑：齐红霞　李　跃　特约编辑：孔吕磊
美术编辑：郭亚红　　　　　装帧设计：川　一
出版发行：百花文艺出版社
地址：天津市和平区西康路 35 号　邮编：300051
电话传真：+86-22-23332651（发行部）
　　　　　+86-22-23332656（总编室）
　　　　　+86-22-23332478（邮购部）
网址：http://www.baihuawenyi.com
印刷：山东临沂新华印刷物流集团有限责任公司
开本：880 毫米×1230 毫米　1/32
字数：70 千字
印张：7.625
版次：2023 年 11 月第 1 版
印次：2023 年 11 月第 1 次印刷
定价：60.00 元

如有印装质量问题,请与山东临沂新华印刷物流集团有限责任公司联系调换
地址：山东省临沂市高新技术产业开发区新华路 1 号
电话：(0539)2925886
邮编：276017

目 录

·第一辑·
小凉山上

·第二辑·

辽阔祖国

·第三辑·

泸沽湖恋

第一辑

小凉山上

小凉山很小

小凉山很小
只有我的眼睛那么大
我闭上眼
它就天黑了

小凉山很小
只有我的声音那么大
刚好可以翻过山
应答母亲的呼唤

小凉山很小
只有针眼那么大
我的诗常常穿过它
缝补一件件母亲的衣裳

小凉山很小
只有我的拇指那么大
在外的时候
我总是把它竖在别人的眼前

永远的孩子

我不是吃水长大的
我是吃奶长大的
母亲的孩子
我也是梦幻天空的孩子
曾吮吸
月亮和太阳的乳汁
我更是自由大地的孩子
常把山头
含咂在嘴里
即便有一天老了
只剩下一把骨头
我也会在大地的子宫
长——眠

选　择

天空太大了

我只选择头顶的一小片

河流太多了

我只选择故乡无名的那条

茫茫人海里

我只选择一个叫阿争伍斤的男人

做我的父亲

一个叫车尔拉姆的女人

做我的母亲

无论走在哪里

我只背靠一座

叫斯布炯的神山

我怀里

只揣着一个叫果流的村庄

从我身边流过的河

从我身边流过的河

还没有名字

它流过的草地

绿草茵茵

流过的村庄

炊烟袅袅

它流去将不再回来

然而,现在

它正从我的身边

悄悄带走

我的青春和爱情

石头一样留下我

在小凉山的风里

长不大的村庄

长大的是孩子
老人一长大
就更老了
长不大的是村庄
那么一片土地
那么一条河流
那么一些房屋
生死那么一些人
有人走出村庄了
再也没有回来
他们把村庄含在眼里
痛在心上
更多的人一生下来
就长了根
到死也没有离开过

我不知道

我不知道
给我老实巴交的双亲的是谁
我不知道
给我一座叫斯布炯神山的是谁
我不知道
给我一个叫果流的村庄的是谁
我不知道
给我一个看不见的大海的又是谁
我对那个"我不知道"的所在
永远心存感激

悬崖边上的母亲

有了儿女
母亲开始了
一生的牵挂
怕风吹着冷
怕雨淋着湿
怕雪下着滑
…………
就这样
她提心吊胆
仿佛坐在
悬崖边上

扬场的母亲

母亲站在十月的晒场
高高地扬起手臂
秋天就这样生动起来

她轻轻地吹着口哨
把那些四处游荡的风儿
从很远的地方唤来
让汗水喂养的粮食
在风的唇边
沉甸甸地落下来

望着堆成小山的粮食
母亲脸上有了幸福的微笑
秋天就在那一刻定格了

敌人的母亲

战场上
互为敌人的人
眼里只有仇恨
枪口只会喷射
死亡的蓝色火苗

我看见
敌人的母亲
所有母亲一样
在某个角落
悄悄抹泪

斯布炯神山

小凉山上
斯布炯
只是普通的一座山
然而,它护佑着
一个叫果流的村庄
它是三户普米人家的神山
每天清晨
父亲会为神山
烧一炉香
每个夜晚
母亲会把供奉的净水碗
擦洗干净
在我离开故乡的那天
我虔诚地给自己家的神山
磕了三个头
我低头的时候
泪水洒在母亲的土地上
我抬头的时候
魂魄落在父亲的山上
如果每个人

都要有自己的靠山
我背靠的山
叫作斯布炯
在我心目中
它比珠穆朗玛峰
还要高大雄伟

果　流

星星一样多的村庄
那个像月亮
也像太阳的村庄
是故乡果流

那里的雨是会流泪的
那里的风是会裹人的
那里的雪是会跳舞的
那里的河
在我身上奔流为血
那里的山
在我身上生长为骨
我熟悉那里的神
也认识那里的鬼
他们见了我
都会拥抱一下
这个世界
只有那里的鬼
不会害我

无法吹散的伤悲

日子的尾巴

拂不净所有的尘埃

总有一些

落在记忆的沟壑

屋檐下的父母

越来越矮了

想到他们最终

将矮于泥土

大风也无法吹散

我内心的伤悲

马

很多年前
我所有的努力
只是能够在这个
茶马古道重镇
逗留片刻
希望有一天
能像父亲一样
赶着自己的马帮
穿城而过
让驿站里的女孩
露出笑脸……
我一次次这样梦想
却不小心在多年后
成了这个古镇的居民
父亲偶尔来看望我
总是魂不守舍
可怜巴巴地透过窗口
把一辆辆汽车
望成一匹匹马
把太阳从东边驮到西边

他曾不无感慨地说

其实，所有地上跑的

都需要喂料

马要喂马料

汽车要喂汽车料

汽车也是马

只是没有马好

它听不懂人话

也不知道回家的路

更不会在紧要关头

提醒主人

有危险正在逼近

志愿者

听说他没有老婆
听说他没有亲人
听说他曾在大学里当教授
听说他退休了
听说他来到了我们山寨
听说他买糖给孩子们吃
听说他给孩子们讲很多山外的故事
听说他教孩子们唱歌
听说他教孩子们画画
听说他把孩子们当作自己的孩子
听说他死了
族人们以最高的礼仪为他送葬
但是,他们不知道把他的魂
送到哪里去
祭师只得说:您就好好在这里吧
我们会像神一样供奉您

洋芋故事

我把一些优良的洋芋种

带回老家

分给乡亲们种

秋天的时候

妻子回了趟家

回来说

那些洋芋

一个个白胖白胖的

大一点的

还被供在神台上

母亲们管这种洋芋

叫"鲁若洋芋"

听到这些

我仿佛被谁亲了一口

小凉山上

最多的是苦荞
满坡的苦荞
苦甜着
最勇敢的父亲
最勤劳的母亲

最多的是土豆
土土的土豆
养育着
最健壮的儿子
最美丽的姑娘

最多的是美酒
醇香的美酒
醉醒着
最远方的朋友
最真诚的弟兄

最多的是花
四季都在开的花

装扮着
最壮丽的山川
最秀美的乡村

最多的是节日
多民族的节日
滚动着
最古老的日月
最灿烂的日子

最多的是诗人
多情的诗人
心埋着
最深沉的土地
最温柔的河流

心中的鸟儿

我的内心里
有无数的鸟儿
鸣叫着
飞翔着
我总是小心翼翼地守护着它们
我担心一旦它们轻易飞出去
就找不到留宿的地方
找不到食吃
活活饿死

云层后面的人

没见过那张脸
没看清过那个人
他深深地藏在
云层的后面
喜怒哀乐
谁也猜不透
时而大发雷霆
时而掩面哭泣
有时冷若冰霜
云开雾散
又谜一样消失

体内的野兽

你自己也不知道
怎么怪叫了一声
叫了那声后
你很舒服
而你自己一点也
没有注意这个问题
这是个问题吗？
你继续朝前走着
你的体内
那头野兽又睁开了眼
伸了个懒腰
我等待着从你的嘴里
听到野兽的怪叫
可是你停下来
奇怪地望着我
好像听到了什么声音

寂静的词

山之巅
词，寂静无声

月夜
诗人听到了
白色的声音

都市牧羊人

我是心里装着一群羊
走进城市的
我以为城市长满了黄金
还有广阔的牧场
然而,当我走进城市
我的羊群
被突然闯进的狼
吓得四处奔逃
我自己也迷失了方向

茫然地站在十字路口
红绿灯交替着
狡黠的光
城市的陷阱
像地狱的门
随时在脚下打开
我只有把一幢幢高楼
想成一座座山
才能找到方向
才能找到我丢失的羊

草

长在地上
就是草
没有了草
大地多么害羞

长在天上
就是云
没有了云
天空多么寂寞

长在海里
就是鱼
没有了鱼
大海多么忧伤

长在人上
就是皮
老人们常说
人皮难披啊

自　白

我要像山一样
站起来
我要像河一样
淌尽自己
我要成为时间的粮食
喂养历史
我要让一个古老的民族
重新出土

鲜花开放

——为宁蒗彝族自治县成立五十周年而作

五十年前的今天

这片土地上

一颗子弹

结束了一个时代

十一个民族

开始了希望的播种

五十年后的今天

人们欢聚一堂

载歌载舞

庆贺幸福和吉祥

我是这片土地上

千万个孩子中

最普通的一个

是肩上点着两盏灯

在母亲目送下

走过黑夜的那一个

我知道母亲的生日

在秋天来临

我告诉山上的花儿

越过春天和夏天开放

以树的名义

我以树的名义
生长在滇西北高原
相信这片土地
能收获语言
——我扎下深根
相信这方星空
能孕育美的意境
——我伸长力量的手臂

不拒绝阳光讷讷的低语倾洒
不拒绝风暴的呐喊宣泄
我以树的名义
把最初的崇拜交给秋风
等待痛苦
等待一次圣洁的洗礼

罐罐山

总有一棵树属于我
某天，人们会将它砍伐
劈开后垒成九层
让我在棺木里
端坐成母腹中婴儿的模样
在烈火中顺着指路经
找到祖先的天堂
人们会把我的十三节骨头
用蒿枝做的筷子
捡拾在羊毛上
装进土罐里
送到祖先聚集的罐罐山上……

那天，当一位族内的长辈
指着一座山
说我们家族的罐罐山就在那里
我久久望着他手指的方向
怕将来走错了路
那里森林茂密
山脚下溪流淙淙

我莫名地感动起来
呵,今后无论身处天南地北
我最终都会走向这里
见到那些骑虎射日的人

白绵羊

云漫游在天空

我的白绵羊

在青草地上

每一个普米人

最终都要由一只白绵羊

把灵魂驮向祖先居住的地方

噢,白绵羊

我的白绵羊

它现在悠然地吃着草

它很少去看天上的云

它随我祖先逐水草而来

那些森林的故事

那些河流的记忆

星星一样在它脑海闪烁

它的羊毛

是我们温暖的披毡

它的皮囊

是我们渡河的筏子

它的肉和骨头

填饱我们的肚子

健壮我们的筋骨
白绵羊啊，让我怎样赞美你
我最终走的时候
你还驮着我的灵魂

黑和白

祭师在不停地对死者叮嘱
亲人们排成队
手里攥着白线
要和死者做最后的了断
一头的黑线系着死者
（他是在黑暗的世界吗）
一头的白线系着我们
（我们是在白色的世界吗）
这一刻我们是相连的
这一刻我们是在一起的
一会儿
连接我们的线会被剪断
阴阳就此相隔
我们就再也见不到他了
我紧紧地攥着线
就像用手握着
一个永不再见的人

路 遇

雨后
指头那么大的蛙
满地跳来跳去
我走在路上
小心翼翼
怕不小心要了它们的命
有时,不得不停下脚来
仔细辨认那灰色的一点
是不是小蛙

如果有什么
从我们头顶走过的时候
也能小心翼翼
我不知道
还有什么比这更幸运

一群羊从县城走过

一群羊被吆喝着

走过县城

所有的车辆慢下来

甚至停下来

让它们走过

羊不时看看四周

再警惕地迈动步子

似乎在高楼大厦后面

隐藏着比狼更可怕的动物

他们在阳光照耀下

小心翼翼地走向屠场

一个山民的话

这个世界真怪

不知不觉

雪山上的雪只有一撮箕了

一座座山被掏空了

一条条江被拦腰斩断了

那都是些什么人啊

他们让地球生病了

我们只是在祖先的土地上

用自己的双手劳动吃饭

可是,天公也不作美啊

还给我们无尽的灾难

还想渴死我们

这个世界真怪啊

怪得我们好像刚刚来到懵懂的世界

不知该什么时候播种

什么时候收获了

重返太红小学

居民都搬迁走了
最后一任老师也调走了
太红小学就此
锁上了记忆之门

我走了很远的路
探访心目中的圣地
我在当年种下的树下
听了一会儿鸟鸣
在经常看书的大石上
仰天睡了一觉
在烧土豆吃晌午的操场边
捡了一块烧黑的石头
在野荔枝树旁的河里
感受了一下时光的流淌
我一整天搜寻着
躲藏在时间里的人们
却无法将其中的一些人
寻回人间了
含泪离开的时候

我与落日一道

情不自禁

向这个空无一人的房子

慢慢跪了下去

碗

当年的新娘
如今当上了奶奶
三个儿子
大儿子在银行当保安
几年前除夕夜
死在了值班室
留下一个孩子
让她领着
二儿子十多年前
去西藏打工
翻车雅鲁藏布江
尸体也没有找到
翻车前几天
电话里说的几句话
让她至今念叨
三儿子在当导游
儿媳也是导游
孩子留在老家
让她照看
…………

当年接亲队伍里

年纪最小的我

除了负责磕头、牵马

还负责偷个碗

当送亲的队伍

在茫茫雪地休息

我怯生生将偷来的瓷碗

递给他们验收

他们把碗传递着查看

最后满意地说

没有一点瑕疵

这会是一段

美满幸福的婚姻

…………

主人家有好几种碗

每次见到她

我不止一次想

当年为什么不偷

那个镶边的银碗呢?!

雪地上的鸟

雪地上的鸟

没有家

没有东西吃

它们盲目地飞一阵后

落在雪地上

又扑棱棱飞起来

栖在树枝上

雪不停地下着

它们蜷缩成一小团

偶尔望望灰蒙蒙的天

它们眼里

世界是那么的小

小得没有它们躲藏的地方

雪还不停地下着

它们已听不到什么声音了

而拿着弹弓的孩子们

正悄悄地向它们靠近

转山节

当日月飞速旋转

星星四溅开来

镶嵌在广袤的天宇

夏天的雨

开始梳洗绿草的发辫

布谷鸟的叫声

催促人们

顺着河流

顺着起伏的山峦

走向化为狮山的女神

让那些悬浮在高空的耳朵

聆听柏香里的低语

让那些经幡上的经文

在风的嘴里

不停吟诵

人们一次次匍匐下来

让大地感触

一颗颗心的坚韧和辽阔

…………

如果这时候

有雨落下来
人们都相信
那是女神不小心
又想起了什么

又见泸沽湖

就那么一瞥
喧嚣的世界
突然宁静下来
骨头瞬间变绿了
灵魂湿漉漉的
似从净水里滤过
颤悠悠飘过来
不停地往身体里钻
我不禁打了个冷战
本能地裹紧了皮囊

泸沽湖的月亮

我从来没有见过那么白
那么胖的月亮
它就泡在泸沽湖里
湖岸如同白昼一般
我甚至听到了
那些光发出的声响
甚至闻到了
它散发出的清香

噢,那一夜
那条神秘的大鱼
又闪现了一下
我在泸沽湖的波光里
晕眩沉醉

泸沽湖畔的庄稼

这些庄稼

越来越远离粮食

它们在湖边越长越高

高于灶塘

高于我们的嘴

日子的牙齿

很难咬动它们

作为风景的一部分

它们在风中的哆嗦

只有年迈的老人能感受

只有他们知道

在没有旅游之前

那些庄稼

在他们眼里

有时比泸沽湖还美

女　山

雪后

那些山脉

宛如刚出浴的女人

温柔地躺在

泸沽湖畔

月光下

她们妩媚而多情

高耸着乳房

仿佛天空

就是她们喂大的孩子

日争寺的喇嘛

泸沽湖西
绿树掩映着日争寺
年轻的喇嘛们
在寺的四周
种满了花草树木
把寺庙装扮得花园一样
他们诵经祈福
也会听听流行音乐
还把玩一下手机
他们接听电话
虔诚的样子
让人疑心那个电话是
释迦牟尼佛打来的
有时,他们到村里来
同我们打篮球
太阳要落山的时候
再把年轻的笑脸
裹在袈裟里
沿着斜坡
缓缓消失

木底箐水库

几年的光景
几个美丽的村庄就消失了
一面水做的镜子
照着那些失去故乡的人
翻过一座座山
现在,绿水泛着的泪花
还在波光里荡漾
夜里,星星的眼
在水里醒着
多少年后
没有人知道
这水面下的村庄
曾生活着怎样的族人
当他们背井离乡的那天
怎样喊着祖先的魂灵
让一条河在身后哭泣

石头城

除了石头

还是石头

村庄就长在石头上

四面的悬崖峭壁

是天然的屏障

唯一进出的路

吸管一样

维系着村庄的呼吸

太子关似一把巨斧

劈开了一道关隘

金沙江刚好侧身而过

忽必烈的大军

似乎在此

找到了

打开大理城门的钥匙

…………

多少往事就这样

被石头铭记

其实,关于石头

人们知道得很少

人们只知道

投石问路

只知道

落井下石

到了石头城才发现

最懂石头的人

其实与石头

早已不分彼此

他们在一块巨石上

生死相依

天外飞来的石头

也绝不会砸向他们

马　帮

几串马铃

激活了

石头上的村落

山下的苞谷

用马驮回来

金灿灿地铺晒在楼道里

山上的南瓜

用马驮回来

甜蜜地归集在院坝一角

山腰的四季豆

用马驮回来

暖洋洋地挂晒在高处的栏杆

…………

农田里的庄稼

通过马背

在农家

都找到了适合的位置

当赶马汉子

从兜里拿出手机

接一个山外的电话

几匹马习惯地停下来

让主人把话讲完

才开始用马蹄

敲响悠长的古道

那一刻

传统与现代

奇妙地交织在一起

时间和空间

发生了短暂的错位

母　语

我遇见他的时候

他已多年没有说过母语

他和美丽贤惠的纳西妻子

只说纳西话

他的孩子们

在城里工作

孩子们出远门时

母语才会在心底升起

自然地从口里飘出——

那是一些祈祷词

这时候，他相信

有些事物

更需要用母语沟通

所以，当他知道我是普米人

与他一样来自

古老的直吾布直冬

与他一样属于

普米惹贡祖的后代

母语迅速从他的舌根下

蹦了出来

他拉着我去看石床

拉着我去看石磨

拉着我去看石灶

拉着我去看石槽

拉着我去看石缸

拉着我去看石凳

他每指一样东西

祖先命名的词就随口而出

这个石头城唯一的普米老人

用普米语让我感受了

石头的温度

石头的爱情

石头的顽强

他让我品尝自酿的酒

临走还送了满满一壶

我拎在手里

感到它比一座城还沉

石　头

我想，这个世界
最终只会剩下石头
如同这个世界
最初的时候
只有石头

其实，包括我
最后也只会变成
一小块石头
虽然我深深地
爱着这个世界
但也有很多忧虑
有一天
我的爱和忧虑
一滴一滴流干
一丝一丝流尽
我的心就会变成
每个人见了它
都会流泪的——石头

写到这里

我的眼里有石头

滚

落

雁声里的火

玉米,撕开苞叶

露出太阳的牙

稻谷,低着头

等待月亮的镰

满腹雷电的云

无端空虚

一阵风就不见了

大雁的叫声里

远山的红叶

不知不觉燃烧起来

东波甸谣

一

我从丽江古城
去歌谣里的东波甸
八百年古城
人群石头一样滚过
五彩石残留的旧迹
被时光悄悄擦亮
蒙古铁骑饮过的溢璨井
依然甘甜凛凛
徐霞客笔下的木府
那几个朴拙的字
至今高于我们的想象
穿过古城的流水
不时掀起一波惊喜
…………
这时候,东波甸在我的东方
想到东方一片黄
金光下的东波甸
一幢幢木楞房

屋顶经幡飘摇
炊烟牵出的思绪
复苏古老的记忆
火塘边的栽绒上
盘腿的普米老人
一首迁徙歌
从雪水汇聚的源头
唱到江河澎湃
…………
呵,东波甸
这时候在我的东方
只要火塘不灭
祖先的歌谣
就不会在东方消失

二

我从玉龙雪山走过
谁那么慷慨
让那么多时光的白银
化为泉水流走
谁那么神奇

让消失天际的那只鹰

现身山顶

不停地吞咽风雪

谁那么洒脱

让旷世的美女

在十三把利剑下

媚然远去

谁那么痴情

让倒下的云杉

胸藏万年的等待

谁那么悲怆

让马背上的歌手

喑哑于古道夕阳

…………

这时候，东波甸在我的北方

想到北方一片白

茫茫记忆

一抹光翻过山脊

照在父亲身上

总以为父亲是不老的山

永远青春的森林

奔涌无尽的歌

不知什么时候

这座被生活掏尽了

一块块石头的大山

悄然落满了雪

如果有一天

这座山轰然倒下

我的天空将向何方倾斜

…………

呵，东波甸

这时候在我的北方

只要北方还有雪纷飞

父亲的歌

就不会在北方消失

三

我从蓝月湖走过

蓝月湖水蓝过天

它让我想起母亲年轻时

蓝色的百褶裙

童年的世界

美好的事物都是蓝色的

锅底的火苗是蓝色的

煮熟了的土豆

掀开锅盖

就会咧嘴看着我们

上学的路是蓝色的

河水暴涨的时候

总有谁家的长辈

把我们背过河

他们的脊背

木桥一样结实

母亲劳作的土地是蓝色的

每一块土地

从没歇息的时候

种下的玉米

会长出一排排牙

种下的苦荞

会结出一粒粒甜籽

…………

这时候，东波甸在我的南方

想到南方一片蓝

南方的坡上

满坡是母亲蓝色的歌

父亲是被她的歌
拴住了心的男人
我是被她的歌
撵出了大山的孩子
现在我的母亲老了
她只会一遍遍数念佛珠
祈求世界祥和
艳丽的色彩离她越来越远
她习惯踩着细碎的步
绕着院子的阳光转
夜里她比夜更黑
只要她在的地方
夜色异常厚重温暖
…………

呵,东波甸
这时候在我的南方
只要南方还有细雨绵绵
母亲的歌
就不会在南方消失

四

我从金沙江走过

滔滔金沙江

一江的故事

金子一样沉寂

长途奔袭的忽必烈

曾在江边停下来

放马山上

烹牛宰羊

饮酒作乐

然而,待他睁开微闭的眼

酒碗一摔

长剑一挥

万虎怒吼的大江

在羊皮筏子下

瞬间变成了

柔软起伏的草原

北上的红军

在毛主席的笔尖下

忽而直逼贵阳

让蒋介石坐卧不宁

忽而直指昆明

让龙云寝食难安

途中更是巧借献图

踩着乌蒙泥丸

渡过了金沙江

最后在黄河之滨

用信念和意志

照亮了残破的山河

…………

这时候,东波甸在我的西方

想到西方一片红

夕阳流出的血

染红了天空和远山

博南山人杨慎

曾宿金沙万里楼

面对东逝的江水

叹青山依旧在

几度夕阳红

如今,江水滚滚如初

一座座电站

不停向遥远的城市

输送着一个个太阳

两岸的茅草房

被稳固的安居房取代

宽敞的公路

山民开着私家车

向着更美好的未来飞奔

…………

呵,东波甸

这时候在我的西方

只要西方还有一抹彩霞

我的歌

就不会在西方消失

警 惕

我躺下来
狗叫声在四周
浪一样起伏
我感到它们每叫一声
星星就寒战地抖一下
这是城郊接合部
翻过一道墙
就有田园流水
就有鸡在果树下打鸣
就有小路牵你回家
而狗的叫声
（绝对不是宠物狗）
就是从那里
扇动翅膀飞出来
最终在车声里消失
我在噪音里迷糊
醒来，它们还在狂吠
似乎有什么
一直在周边转悠
一点也没有离开的意思

睡袋一样的故乡

冬去春来
更替的不仅仅是季节
走出古老村庄的人
如今，刀尖上的词
也会熔在心炉
最终化为温暖的问候

群山起伏
何似沉浮人生
再彻骨的冷
也会拒绝虚妄的火
温暖的永远是故乡
穿过村庄的路
似睡袋上的拉链
在你入梦的时候
被谁的手悄悄拉上

洛克岛

猪槽船的咿呀
醒了泸沽湖的梦
一道道水波
如一行行诗
在波光里荡漾
白色海菜花
在水面托起脸
等待蓝色蜻蜓
发出诚挚的邀请
画眉婉转的鸣叫
随点点光斑
撒落在寂静的小径
古老的寺庙
酥油灯忽明忽暗
岛上的主人
一个在里务比墓里沉睡
另一个在夏威夷长眠
聆听过他们吁叹的那株桉树
白天捧起云的哈达
夜晚举着星的火把

似乎等待他们
在另一个时空
把酒言欢

旧　照

那个叫洛克的美籍奥地利人
再也不能从那把木椅上
站起来——
伸一下懒腰了
他被定格在时光深处
再也无法迈开腿
跨出岁月的门槛
他就这样呆坐在
那把木椅上
似乎站起来
时间的锯齿
就会让他一分为二
他就在那一瞬间
与那片山水永恒
他眯缝的眼里
泸沽湖波光粼粼
一叶猪槽船上
老人撒开的网
正徐徐落入湖水

男生和女生

我挂联的建档立卡户
有两个上学的孩子
我时不时在微信里
给他们发个红包
同样的时间
同样的数目
不同的是
我会很快接到
女生父母的电话
对我的帮助表示谢意
那个男生的父母
却从未提起过
偶尔打来电话
也在谈其他事
我见了男生的父母
也从不说这些
仿佛没有发生过
偶尔想起
会心一笑

男生俏皮的模样

让我仿佛看到了

另一个俏皮的自己

拥　抱

一场车祸
此里匹初的妻子
失去了右手
她不得不把母亲
传下来的手镯
提前传给女儿
当她习惯性
张开手臂——
才发现
一只手臂
怎么也无法完成
一个拥抱
她的丈夫和女儿
这时拥了上来
把她紧紧拥抱

难　题

八十多岁的母亲

双眼失明

每次走访的时候

她会用手摸摸我的脸

摸摸我的手

说些祝福的话

五十多岁的哥哥

已离异

没有儿女

瘫痪多年

看见我

总不停欠身

让我不得不把身子

匍得更低

三十多岁的他

至今单身

精准扶贫时

母亲列入了低保

哥哥列入了五保

无法外出打工的他

当上了生态护林员
他说,托共产党的福
日子好过了
什么都不缺了
就缺个媳妇
叫我给他找个

算　盘

我心里有把算盘

我经常用它

打出春东村

十三个村民小组

四百九十八户一千七百八十七人的冷暖

打出一百六十四户六百五十人

不愁的吃穿

医疗、住房、教育保障

作为一名党员

我从来没有用这把算盘

盘算什么

我只想用这把算盘

打出公平和正义

打出一个时代的责任担当

乡下亲戚

这么几年
他们早已把我
当作家庭成员
让我惊奇的是
这些家庭成员里
我是最重要的那一个
只要意见不一
非要让我定夺
这些结对帮扶对象
这些我的乡下亲戚
让我此生
又多了些父母
多了些兄弟姐妹
多了些苦乐和牵挂

真正的菩萨

甲初尔千的儿子
昏迷多日
转院去省城治疗
花了十多万元医疗费
让他感慨的是
孩子治愈出院时
作为建档立卡户
自己没有出什么钱
回到村里
他逢人便说
我们天天烧香拜佛
也过不上好日子
现在,共产党
让我们吃饱穿暖
有病了还给我们治
这不是菩萨是什么?!

丹巴的梦

藏式楼前
他正在花台里
给栽下不久的山茶浇水
水从龙头喷出来
在阳光下
不时现出一道道彩虹
他边浇边说
这里离泸沽湖机场
只有十多公里
是泸沽湖的后花园
只要我们把村子
打扮得新娘一样漂亮
只要我们能让游客
远远就能闻到
糌粑奶酪的香味
再让我们的歌舞
一次次抓挠他们的心
我不相信
我们的院坝里
不停满城里来的小汽车

巨　变

千里小凉山
曾用石头压住
欲被风吹走的篱笆房
曾用披毡裹身
脚伸向火塘取暖
曾用石磨
磨着一个个
比苦荞还苦的日子

如今,从塔尔波惹
到万格火普
从泸沽湖
到拉伯地美爱客
十一个民族的儿女
日子都沾上了蜜
山路再也捆绑不住
人们迈向新生活的步伐

时间之上

时间融化
日子叮咚流淌
未及细品
又流进大江

涓涓细流
成为河
成为江
归于海
归于虚空

一只蚂蚁
勒紧了腰
准备用一根草
逆流而上

时间的颜色

一点点滴落
慢慢汇聚
渐渐显现
蓝的颜色

一点点升腾
无声弥漫
悄悄有了
一抹金黄

我以为
这些就是
时间特有的颜色
然而,矿井里
爬出的人
告诉我
时间是黑色的
——那种能照见自己
白骨的黑

秋　夜

蟋蟀
用声音
一锤一锤
敲凿着夜

整个夜晚
震颤不已
一下一下
它在天幕
凿出一条河
让星星游进河里

秋　思

听雨

在窗外

连绵不绝吟诵

（那该是怎样一首

浑然天成的长诗啊）

抑扬顿挫中

一种温暖

在心底

火焰般升起

此时

远方的故乡

盖上了

云雾的被子

在悄悄睡去

海

赤脚走在沙滩
千万头雄狮
在液态的草原上
咆哮袭来
刚要撕咬
似乎又被什么
咬住了后腿

海那么大
可以吞没
千万个我
然而,此时
它却在我的脚下
吐着白沫
不停喘气

我想,总有一天
它会死在
大地怀里
而天空
会俯下身吻它

夜 鸟

天空没有树
鸟，在雨里
如一支支箭
呼啸着
穿过闪电编织的丛林

我的城

无围之城

磁吸着

飞机、高铁、汽车……

如果时间

飞速旋转

不停加速——

我会被

抛向哪里

店　铺

上班路上
出现了新街
有间店铺
先是小吃——
我进去吃小吃
后来改为花圃——
我进去买束花
年轻的女店主
都给我微笑

然而,现在
店铺变成了金店
我只能隔窗
写下这首诗

走过的路

还没有终结
有过欢畅
有过遗憾
有过痛苦
有过后悔
甚至绝望
…………
然而,一切都证明
所有的路
都没有白走

第二辑

辽阔祖国

阿里山·日月潭

阿里山的树
还在脑海里疯长
又见日月潭水
拍击心壁
山,小凉山一样
在挺立遥望
水,泸沽湖一样
盛满了相思

云南的天空

云南人太神奇了
每天都让很多的云
擦拭着自己的天空
擦得那么干净
蓝得没话可说
干净的云南的天空
擦拭它的云
也不染一丝灰尘
那样洁白
白得让人想起稿纸
忍不住想在上面作首诗

雪邦山上的雪

我看到了雪
看到了雪邦山上的雪
它在阳光下闪闪发亮
映照着我内心的洁白
想到雪一样的普米人
我的泪水忍不住流了下来

多少年
多少雪落雪邦山
无人知晓的白呵
我的亲人们
在山下劳作
偶尔看到山上的雪
情不自禁地唱起歌来
这时,木里的雪在唱
九龙的雪在飘
小凉山的雪在舞
还有很多的雪
无声地落在大地的角落
静静地白着

三江之门

谁守护着那里的山
谁守护着那里的森林
谁守护着那里神秘的一切
我来了
他们像打开一本书
打开了一条叫金沙江的门
他们像打开装满粮食的柜子
打开了一条叫怒江的门
他们像打开陈年的酒坛子
打开了一条叫澜沧江的门
他们就这样打开着
一扇扇通向大海的门
他们也用黄酒和古老的酒歌
把我的心门打开
让我自豪地说
我是天的儿子
我是地的儿子
我是天地间站立的普米人

没有比泪水更干净的水

我从很远的地方来
我知道一个叫和国生的兄长
在一个叫德胜的村庄
等着我
在我还没有出生的时候
那里的村庄就等着我
在我还没有走路的时候
那里的路就等着我
我出生了
我长大了
我终于顺着他们的目光走来了
我们走到了一起
母亲的泪水流下来
父亲的泪水流下来
兄长的泪水流下来
妹妹的泪水流下来
我的泪水流下来
我们的泪水流在一起
在这个世上
没有比泪水
更干净的水了

清凌凌的黄河

如果不是碰触到了清凉
我真的不相信
这是一条河
如果不是蓝天和流云
在河里梳妆打扮
我真的不相信
这河流淌着清澈
如果不是循着
这河最终的归宿
我真的不相信
这会是黄河

真的
如果不是我的足迹
踏在青海的土地
如果不是在诗歌墙上
写下我母族的名字
我真的不相信
黄河在贵德
披着蓝色的婚纱

可是,细细去想
世界的源头
其实都如斯啊
最初的时候
世界是明亮的
—如这清凌凌的黄河水

转经筒前的诗歌朗诵会

母亲手里的转经筒

放大千万倍

就成这个样子了

今夜，我们就在这巨大的转经筒前

为世界祈福

让诗歌的声音

在清凌凌的黄河畔

轻轻响起

此刻，战争的硝烟散去

饥饿的人们都有了面包和水

月光铺满回家的路

孩子在母亲怀里

含着奶头睡去了

一切都静下来

树屏住呼吸

遥远的星星

也听到了我们的心跳

那些沉默的

开始比土地沉默

那些辽阔的

开始比天空辽阔

伊拉草原

草原上的草

疯长着

风吹来

也不肯低下头去

疯长着的草啊

总吸引着我的脚步

让我变成伊拉草原上

一匹冷眼看着游人的马

当我卧成一头牦牛

纳帕海

就在银碗里

被什么人

端了上来

梅里雪山

你的高度
就是神的高度
即使有人登上去了
最终还要慢慢地走下来
而现在
你盘腿坐在那里
不说一字
让该绿的绿起来
该灰的灰下去
该黄的黄起来
该白的更白

摩围山

清晨,我没有急于起床
而是继续闭上眼
聆听山林歌者
把快乐从彼此的喉咙
一声接一声
送出来——
传向四周
让那些逐渐失聪的耳朵
重新感觉聆听的愉悦
我感到天空在鸟声里
一点一点放亮了
绿树在鸟声里
一点一点伸展着枝叶
摩围山在鸟声里
一点点显现出大自在
…………
在所有的鸟声里
我注意到一种鸟
从白天叫到深夜
清晨还在使劲叫唤

这种鸟在故乡也有
只是我从来没有见过
如果哪天真的巧遇了
我要为这不倦的歌者
献上诚挚的敬意
只是——
如果它突然默不作声
我就不会知道
它就是那种让我
一直困惑着的
心怀敬意的鸟了

飞云口

我曾看见云
叼着烟斗
在深山散步

也曾看见云
羞红着脸
在天边张望

我还曾看见云
挥舞拳头咆哮
似乎有什么
惹他很不高兴

在飞云口
我看见云像河一样
流过山冈泊满山林
游人像鱼畅游其间

天　坑

地陷了
天就塌了一块
天是那么高啊
地是那么矮
然而,它们就是如此紧密相连
它们是怎样相爱的
谁也不知道
它们是那么恒久
什么事都可能会发生
它们的孩子
——那些顽皮的星星
深夜里还在
云海的被里眨巴着眼
不停地跳闹
让睡在身旁的父母
无奈地相视一笑
此时,它们的十指
在天坑里悄悄相扣

地　缝

大地是爱美的

有时,它喜欢艳丽的衣裳

——所有的花就开了

有时,它喜欢素雅

——雪就飞舞着飘来了

有时,它喜欢嘹亮的歌

——河就放开了嗓子

更多的时候

大地是朴素的

还需要缝补

在德江洋山河

我看到了大地

还没有缝补完的一截

也许,缝补大地的母亲累了

就倒在附近的山上

成了山的一部分

也许她悄悄地走了

在不为人知的地方

又默默地拿起了针线

留下这么一截——

只是为了告诫我们
大地是需要缝补的
如同补丁消失了之后
我们还需要缝补生活

泉口草场

雾包裹着我
仿佛要把我速递到哪里去
这是一个速递的时代啊
就连牛的叫声
也似天河边速递而来
草尖上的露水
似从梦里速递而来
那些松树
似从画里速递而来
身边的人
似从前世速递而来

雾还不停地包裹着我
怕我在中途遗失
还用路作打包的带子
紧紧捆扎
接下来就盖上了
泉口草场的戳
把我速递出去——
说不定我醒来

已在父母来世的襁褓里
正被轻轻打开
说不定因为停电
早已在包裹堆里窒息

花山壁画

千百年了
谁的血还那么鲜艳
在石壁上
凝固久远的岁月
星星说过的话
月亮做过的梦
被谁的手涂在悬崖
让后来的人
一万次去猜想
那些火
被风吹过
被雨淋过
依然在石壁上燃烧
那些手舞足蹈的人
他们的魂
附在了峭壁
让岩石也有了生命
当我匆匆来到花山
我惊异地看到
岩石上有只眼

穿过岁月盯着我

仿佛要告诉我

花山的秘密

披毛犀

作为一个物种
它已灭绝
只是在鄂尔多斯人
曾经生活过的地方
它被雕塑在那里
不会吃草
不会叫
没有了血肉
只是站在那里
告诉人们
它曾是人类的伙伴

敖　包

总以为
敖包是白色的
如花开在草原上
如同泸沽湖畔
情人幽会的花楼
到了草原
才知道敖包
原来是一堆
标记方向的石头
猎猎地飘扬祭祀的旗
风沙吹不动
一如母亲的守望
固执而坚定

无定河

这条河

命定是从一首古诗里

带着成堆的尸骨

和死亡的寒气

流到我的眼前

现在,我要让它

沿我的笔尖

流到一首现代诗里

让那些亡灵

在这片满绿的世界

睁开双眼

让那些尘封的嘴

为这片祥和的土地

开口歌唱

圆明园

一堆比人的骨头
比大象的骨头
还要大
还要白的是
一个王朝的骨头

丽江石鼓

不是没有声音
只是把它
藏在了
耳朵里

不是没有声音
只是把它
化作了
滚滚东流的长江

兵马俑

只要说声"统一"
这些秦的士兵
还会醒来

风　景

海口到陵水
只是一行诗的距离
乘上去
就会显现
时间和速度
无法带走的韵
令你在雨夜
用闪电回味

生到死
只是两个字的距离
踏上去
就会显现
岁月和青春
无法偿还的债
令你在尽头
用死亡回味

礁　石

浪啊,我在众水里
执意等待
只是为了
一个初心——
当你千万里
奔涌而来
我能给你一个
激荡心魂的拥抱

戏　猴

应该是耍猴
是在耍猴中
博得人们的欢笑
当然,这很不容易
所以,只好让猴子
露一下身手
拿起木制的大刀
上来与人"拼杀"
甚至让它把一顶绿帽子
戴在人头上
…………
其实,当我们
耍猴的时候
生活是否也在
把我们当作
所谓的"人"耍?!

标 本

这是一条
被死亡凝固的
鲨——鱼
眼还在
光,没有了
牙还在
锋芒,没有了
嘴还在
吻,没有了
头还在
思,没有了
伤口还在
痛,没有了
尾还在
力,没有了
躯体还在
魂,没有了
这么一条死鱼
让大海
一次次咆哮而来

跑马溜溜的山上

康定城

很难看到马了

上跑马溜溜的山

先是乘车

之后坐缆车

才能一睹它的美丽

然而,我惊奇地发现

跑马山并不高

能让骏马飞奔的草场

只有足球场那么大

错愕的我

只好骑上一支歌

随它优美的旋律

扬鞭驰骋

…………

这时我感觉

没有一匹马

比一支歌更轻快

没有一个草原

比一支歌更辽阔

没有一个女人
比康定女人
更让人溜溜地想

一个藏家女孩

塔公寺前的广场
你出现了
我不知你来自哪里
也不知将走向何方
你的纯真美丽
无法用语言表达
见到你
我只想再年轻二十岁
我邀请你合影
你欣然应允
游客见状
纷纷跑来
…………
你太阳一样
微笑着
照亮了广场

塔公草原

想到草原

我眼里

草渐渐绿起来

从脚下绿到天边

最后绿到了天上

牛羊随那绿色

漫游天边

最后在云朵里撒欢

歌从牧人的帐篷飞出

引来一簇簇花

次第开放

…………

当我置身塔公草原

远山峻峭

草地柔美

塔公寺宁静

那些微微隆起的山腹

仿佛地母孕育着

一个个新的生命

我静静独坐
唯愿坐成一株草
让一头老牛
抑或牛犊啃食
如果不小心
被那头小母牛吃掉
我也乐意

大渡河

流淌在眼前的
不是河流
分明是一段历史
用水的方式
滔滔不绝在讲述
它在讲石达开
和一支曾让清军
闻风丧胆的队伍
怎样在这条河里
转瞬间没了踪影
它在讲毛主席
和一支用镰刀和铁锤
锻打出来的队伍
怎样用信念和智慧
让十三根铁链
每一个扣子
都紧扣历史的命运
…………
驻足沉思
每一朵浪花下

都有不眠的眼
在盯着我们
历史就是这样
能够留下的
都是时间之河
无法带走的
石头一样沉重的
故事和人

车过二郎山隧道

一

这时候
我想起了父亲
他十三岁挖公路时
反复吟唱的那座山
正从云雾里
一点点显露出来
真切地耸立在眼前

二

一年的时光
如果用距离测算
那是多远的距离
那么多年的时光
如果不是通过回忆
怎样才能自由来回

三

哦,那么多年
我只是从小凉山
跨过了金沙江

哦,那么多年
父亲还在一支歌里
不停地找寻
自己的青春

四

原谅我吧
此时,我已分不清
耸立在眼前的
是一座山
还是一个人了

五

就当我从一支歌里穿过吧
余音
在山头缭绕

杜甫草堂

一

应该有很多草

火烧后

还能重生

沾点泥

就能活命

应该有间茅屋

诗歌作柱

一颗心

就是最好的火塘

二

那么多诗人

慕名而来

一阵大风

他们变成了纸

一场大雨

又裹成了虫

三

我不敢相信
这里会成为景区
但我确信
那么多门票
也无法堵塞
时光深处的那个漏洞
历史的眼
从那里穿过来
洞见多少人世冷暖
…………
我这样想的时候
隐隐听到
一阵剧烈的咳嗽
从一首诗的背后传来

杜　甫

铁冷的破裳
盖住破碎的山河
离乱中遗失的鞋
化舟渡人
颠沛流离的心
建造世上最大的屋宇

新晃之晨

从鸟语里醒来
心情如花
绽放一天的美好
掀帘环顾
新晃还泊在梦里
湿漉漉的街道
如蛇蜿蜒
执意拖走我
意犹未尽的睡眠
临街的小吃店
冒着热情
一阵风
满街都是留口的香

此刻,故乡已远
极目的山峦
云雾弥漫
似乎不轻易
显露它的伟岸

龙溪书院

古旧的院落
落满了一地的寂静
你缓缓而来
在芳菲的四月
端坐成一介书生
让一束光
从斑驳的窗口
落在发黄的书上

那些字已模糊
模糊的还有
众多远去的背影
没有人能将他们唤回
重新落座
在抑扬顿挫里
将时光里的人和事
再次演绎

逝去的
未必在风中遗忘

留下的

未必在逝水里永恒

唯有书院

在喧嚣的街市

收藏一份静谧

放置一张

安静的书桌

唯有那些文字

暗夜里发光

有时，蚊子一样

叮咬你

让你在喜忧中

写下一个个

能拧出血的字

天井寨

从天上打下来的
这眼井
不偏不倚
打在山头上的古寨
神仙在这里取水
土地爷在这里取水
侗家人也在这里取水
他们时不时
碰在一起
黄道吉日
还戴上傩戏面具
一起登上鼓楼戏台
来一段侗家"咚咚推"
让土地爷
允诺来年的收成
让神仙背起
最勤劳的农人

风雨桥

这哪里是桥
分明是一幅
美轮美奂
美不胜收的画

这哪里是桥
分明是一首
独具匠心
立意高远的诗

这哪里是桥
分明是一支
雅俗共赏
余音缭绕的侗族大歌

然而,这确实是桥
桥之上的桥
我猜想
天河上
牛郎织女相会的鹊桥
也是这个模样

爆米花

侗家温馨的小院
摄影师姚本荣
见我在一台
老式爆米花机前发愣
很快劈了柴
烧起火
抓了些玉米
叫我亲自试试

这一试不要紧
一声爆响
里面竟然蹦出
年少时的欢乐
一颗颗
有点烧煳的爆米花
像脸上抹着锅烟
咧嘴笑着的小伙伴
从烟雾里冒出来

高山流水

所谓"高山"
其实是妩媚的侗家女
温柔相依
蜿蜒而成

所谓"流水"
其实是酒
从次第连接的碗里
不停流下

一并流下的
还有歌
还有情谊
还有无尽的遐思

我张开口
犹如大海
猛喝着一条条河流

潋水边的女孩

水灵灵的眼
看一眼山
山就青了
看一眼水
水就绿了
看一眼我
我就木了

多想长成
她身边的一棵树呀
陪着她长大
青春的时候
让她在我繁茂的枝下
轻歌曼舞
年迈的时候
让她在我枯黄的叶上
流连忘返
百年之后
成为一副棺材
与她一道

做个
永不醒的美梦

一粒米的哀思

——悼袁隆平院士

一

母亲说

从天上看

一粒米

牛那么大

二

今天

一个让米

颗粒到饭碗里的人

被米抬举到

天堂的稻禾下

乘凉

三

此刻

请大家端起碗吧

不要盛什么
让碗就这么空着——
缅怀一个
在地上
种不够稻谷
还去天上
播种稻谷的人

四

我知道
我的哀思
只是一粒米的哀思
惊不了天
动不了地
只是在碗里
掀动波澜

老 山

一座年轻的山
翠竹，在风中摇曳
婆娑的影子
似谁悄悄来过
又无声走了
那些曾经风靡的旋律
凝固在石头里
只有沉睡的人
才能在梦里把它唱响

将军们种下的树
替代自己站立
更是一种坚定陪伴
斑驳的绿荫
如阳光喃喃低语
只有在硝烟弥漫的战场
同子弹对过话的人
才能在生死的疆界
读懂它的寓意

炮声远去

唯有纪念碑

在肃穆里

镌刻着一代人

对祖国和人民

至高无上的忠诚

爱的无私奉献

只有那些警示牌

时刻告诫人们

和平有时需要

生命的代价

界　碑

辽阔的疆界
界碑
每时每刻
都是醒的

当我们在
蓝天白云下欢歌
界碑是醒的
当我们在
鲜花草地静坐
界碑也是醒的
甚至,当我们
搂着心爱的女人
在梦里沉睡
界碑也还是醒的

其实,界碑
立下的那一刻
就注定
永远是醒的

登老山主峰

脚下的阶梯
每一级
意味着
一名倒下的烈士

拾级而上
每登一级
我都在意念里
将倒下的烈士
背负在肩
直到登上顶峰
听到他们
胜利的欢呼——

雷　区

一

骷髅空洞的双眼
飘荡着死亡的幽蓝
一丝不安
从脚底飞速穿过

撇开战争
撇开死神
与骷髅对视
其实是与
未来的自己
——对话

二

那些雷
都在草丛里假寐

一旦雷开口

世界将沉默

三

生活里
谁能警示我们
那些看不见的雷

为什么总有人
掉进雷的陷阱
直至死亡

四

埋下的麻木、自私
狭隘、冷漠、仇恨
…………
终将成为
一颗颗
自损的雷

五

天空上
谁埋下了
一颗颗雷
又是谁
引爆了
一颗颗雷

猫耳洞

如果猫的耳朵
藏着一只老鼠
那应该是
一个美丽的童话

然而——
如果猫的耳朵
藏着一个战士
紧握的钢枪里
鸽子衔着橄榄枝
准备奋飞

那是——

边关月

战士咬了一口月饼
剩下的
把它挂在天上

倘若仔细凝视
就能发现
咬过的齿痕上
留下的一丝
苦涩的甜蜜

一群老兵

在麻栗坡
一群老兵
仿佛从时间的
丛林深处走来
草绿色的军装
红五星红领章
胸前挂满勋章
他们的出现
让远去的硝烟
再次弥漫在人们眼前
让落叶又重新长在
记忆的树上

人们纷纷留影
让瞬间定格永恒
他们庄严的军礼
让远行的新兵
征途充满了神圣
他们走过的地方
树木挺拔肃穆

就连盘龙河

也不停回头张望

安检一幕

他从安检门走过

安检门不知何故

发出了警报

安检员看了他一眼

示意他退回去

重新再走一遍

结果,警报依然

让他站上安检台

仔细检查

也没有查出违禁品

可是,探测仪仍不停

发出危险提示

安检员很纳闷

问他身上藏匿了什么

这时,男人缓缓拿出

一本残疾军人证

说他因参战

身上还残留着几块弹片

普者黑

从老山归来
普者黑
从一个地名
变成一片美景
舒展在细雨里

多么恬淡的美
我一时无法
从铁丝网和雷
传递的危险里
将这巨大的祥和
这一片湖水
划过的一只白鹭
一朵含苞秋荷
残留的一抹娇羞
静心分享
面对这辽阔自由
带来的无边畅想
我一时无语凝噎

者阴山战场原址

一

简易的指挥所

四周都是树

这些见证者

还不停生长

叶子眼睛一样

紧盯远去的硝烟

深扎的根须

仿佛在地心

找寻战争的钥匙

二

车窗外

缓缓掠过

翠绿的茶园

宁静的村庄

金黄的稻田

一片片玉米地

一棵棵甘蔗

....

我咂咂嘴
好像在品尝
战争与和平

情醉东兰

早晨,我正望着一片云
在玉龙山顶
被一束光徐徐点燃
朋友的电话
让久违的旅程
浓缩在几小时的期待里

一切都那么快
来不及回味
机翼下金沙江的曼妙
红水河畔
就着西天的晚霞
我已醉倒在
东兰的怀抱

松一下时间的发条吧
让时光停留片刻
千杯过后
让我们再喝一杯
说不定就这

不多的一杯
我们刚好活出
另一个自己

列宁岩

一

苦难的大地
当中国的一块岩石
与列宁的名字
紧密相连
这块岩石
便有了
一个不死的灵魂
一个异国的伟大灵魂
则有了
一副坚硬的肉身

这一切
跨越时空的
奇妙结合
只因一位
拔萃超群的人

在黑暗中顿悟

只有脚踏实地

给远道而来的灵魂

找到适合的肉身

才能引领迷茫的人们

走上一条光明的路

二

其实

这只是一个普通的岩洞

仿佛蜿蜒的山脉

为了喘口气

伏在地上

张开了嘴——

其实

这只是一个天然的居所

岩石的墙壁

岩石的屋顶

岩石的地板

岩石的床和凳子

然而,当它成为

一所特殊的学校

从这里走出的人

便有了信仰和力量

他们比岩石硬

比岩石走得更远

无论在右江的浪潮

还是百色的烽火

亘古的长征

抗日的战场

解放的岁月

他们的身影

岩石一样

滚过历史的天空

三

我静静地坐着
希望那些
传说中的人们
从岩石里走出来
告诉我——
从北帝岩
到列宁岩
他们走了多久
他们以怎样的
智慧和毅力
请走了万能的北帝
迎来了不朽的列宁

登神仙山

如果善是神

恶是鬼

心的庙宇里

神和鬼

是不是

每天都在打架

只要有人迹的地方

总有一座山

会被命名

让看不见的神

住在上面

让游移不定的鬼

在山下

不时制造点麻烦

好让神发威

我们登山

以为自己

脱离了鬼

登顶了

又以为自己

已得道成仙

下山了

我们发现

很多时候

我们既成不了神仙

也少了做鬼的勇气

韦拔群故居

一

那些门窗
远远望去
如一只只眼
盯着瞻仰的人们——
它看到了什么
它想看到什么

那些门窗
远远望去
像一张张嘴
对着朝拜的人们——
它要告诉人们什么
它想告诉人们什么

二

革命者的头颅

要么被砍下

高悬在城头

成为太阳

照耀人们前行

绝不会低头乞怜

西瓜一样

被踩在脚下

遭万人唾弃

三

祖父母被杀了

耕种过的地还在

父母被杀了

放牧过的特牙山还在

妻儿被杀了
饮过的东里河还在
兄弟姐妹被杀了
走过的路还在
拔哥牺牲了
群峰中又新生了
一座高峰

陀　螺

这么多年
你如上天抛在人世的
一个陀螺
不停为生计奔忙
有时,你仰望夜空
默默咽下
一颗孤星的泪

在巴畴村
你看见陀螺
从一个男子手上
摆脱了缠绕的绳子
飞速旋转
独自跳着华尔兹
在众人欢呼下
这个呆呆的木头人
不停地旋转
最终旋进了

你童年的记忆

那一刻
你感觉到了幸福

铜鼓畅想

一

每一面铜鼓

都暗藏着

一个个神灵

敲鼓的人

总希望把它们

一个个

敲出来——

然而，神灵

还没有被敲出来

一代代敲鼓人

又把自己

敲进了鼓里

二

大地是一面
最大的鼓
每个人在上面
敲击出
不同的人生

三

我是我自己的鼓
我经常随意取下
身上的一节骨头
不断敲打着
空空如也的自己
努力向前

第三辑

泸沽湖恋

泸沽湖

这里

你没有级别

无论你是乘坐凯迪拉克

还是骑毛驴

你只是作为一个人

走在湖边

与那些数念着佛珠的老人擦肩而过

如果想领略它的万种风情

你要学会骑马

学会砍柴种地

学会捕鱼打猎

学会喝酒唱歌跳舞

学会喝苏里玛酒吃猪膘肉

学会走夜路哼无字的歌

学会盘腿坐在火塘边伸手取暖

学会在熏烟中闭上眼睛吃糌粑

再抿上一口酥油茶

这里不是天堂

天堂永远在我们的头顶之上

这是失落在人间的仙境

不要用奇异的眼光去探寻

会有风沙吹进眼里

如果你是男人

就请你骑上骏马

飞奔向你爱上的女人

同她在草坪摔跤

把桨丢进水里

搂着她躺进猪槽船

随风漂荡在湖上

如果要同她走进花楼

还要同那只长毛狗搞好关系

让它见了你只是跑来嗅嗅

摇一下尾巴

若无其事地回到原来躺下的阴暗角落

只有这样

你才能在花床上

抠一下你爱上的女人的手心

不要忘了闭上你的臭嘴

用眼睛去说话

用心去敲心的门

在一万次的拒绝之后
你可能成为王子
这就是泸沽湖
这里的水深不可测
水性再好的男人
也难以泅渡

等　你

见到你的那一刻
我就知道
你是我今生要等的人

那以后的岁月
我凝聚起所有的情感
准备用一生的时间
等——你

也许,我最终会
等成一块石头
然而,只要你向我走来
只要你的目光
能够温柔地看上我一眼
我就会迸发出爱的火花

当我们的目光悄然相遇

当我们的目光悄然相遇
一座柔美的桥
无声地连接在一起
一个我走过去了
一个你走过来了
我们的心房悄悄开启了门

当我们的目光悄然相遇
世界突然美丽起来
我们的秘密只有天空知道
它窃笑了一下
却笑落了无数颗星星

有一条路

有一支歌
我唱了很久
才知道离谱

有一句话
我想了多年
才觉得没有意义

有一条路
我仅走了一步
却明白靠近了你

无诗可读的日子

无诗可读的日子
亲爱的
轻轻仰起你的头来
让我读你弯弯的柳眉
读你黑而亮的眼睛
还有那娇巧的鼻子
当我默读到你的嘴唇
请你不要轻易开口
话一出口就变成风了
话一出口就变成雨了
还是在静默中
让我把最后一首浪漫主义的诗
抒写在你的唇上

开满鲜花的草地

开满鲜花的草地
是一张美丽的床
我们躺在这张床上
看云披着婚纱走过天庭
听河在不远的地方
欢唱着流过

当天空闪烁爱的誓言
骏马眼里
两条眠着的蛇
让大地的心脏
停止了跳动

心中的菩萨

我心中是有个菩萨的
当我俩走进一片阴影
这个菩萨
想伸出一只手
想伸出十只手
最后想伸出一千只手
把你搂在怀里
然而,还没有伸出一只手
我俩已进入一片光明
菩萨只得双手合十
不易察觉地笑了一下

快乐的山

你说
天上的事
你不知道
什么是最快乐的
在地上
只要同我在一起
你就觉得非常地快乐
你担心快乐
有一天
会像鸟一样飞走
会像河一样
流失在黑夜里
我说亲爱的
为了你的快乐
我会快乐成一座山
立在你的生命里

给 你

你的秀发
温柔我的梦
你的眉
常青我的叶
你的眼
不眠我的夜
你的唇
干渴我的井
你的心
掩埋我的爱

除了你
我还能爱谁

爱的墓穴

沙滩上
我俩用手刨出个坑
双双躺进去
再用沙一点点盖上
只留下呼吸
和对死亡的向往

唯一的骨头

错过的风景

错过就错过吧

错过的机会

错过就错过吧

错过的人

错过就错过吧

一切错过的

我当它是应该错过的

我唯一不想错过的

只有一根肋骨

没有它

我确实有点疼

想你想空了心

窗外的雨
不知何时下在心里
一点一滴
把你整个儿淋湿后
就出现了
什么也无法弥补的
空白

我心的马儿

我心的马儿
不在坡上
不在河边
不在夕阳里

我心的马儿
是雪的马儿
是雨的马儿
是风的马儿

我心的马儿啊
我常常把它放在
爱人的牧场

一口气

有一个女孩
在不为我知的地方
静静地生长
当她出落成一个美人
我把她搂在怀里
骑马走了
她的父母
眼巴巴地站在屋檐下
目送我翻过山去
我不敢回头
他们可怜兮兮的模样
让我难过
让我不安的是自己还有小偷的感觉

几年后
我把两个孩子送到二老面前
他们的脸上才有了笑容
到这时我才长长地松了一口气

在很远的地方想你

这是第一次
在很远的地方想你
我写这首诗
只是因为
你的白天是我的黑夜
在奇妙的时空里
我想起了你
想起你唱的《约定》
想起你在青草地
为我一个人舞蹈
我想说
在别人眼里你美丽一时
在我眼里却美丽一生
想到这些
我忘记了自己是在很远的地方了
因为这样
这里的一切都与你有了关系
不要说你没有到过这个城市
不要说你没有见过这条河流
在我写这首诗的时候

我感觉到你正从我心里爬出来

伏在我身上

会心地笑了笑

还吻了一下我

给远行的朋友

不能带走我

就带走我的眼睛吧

好让我看见

不能带走我

就带走我的耳朵吧

好让我听见

不能带走我

就带走我的心吧

好让我活着

兰

作为一种草
很普通
被人移植
培育出奇异的花后
才名贵起来
我把一个
为我生儿育女的
摩梭女人
称作兰
并且是上品的兰
仅仅因为
她的幽香
芬芳着我的山谷

无　题

这是周末
女人起床后
站在院内梳妆
发源于她头上的瀑布
刚刚从黑夜中醒来
无声地流过她的双肩
我泡了杯清茶
等待着阳光越过墙
把她照亮

一路葵花

通往机场的路上
你打来电话
说路的两旁
开满了葵花
非常地美丽
那么多的向日葵
把大地装扮得一片金黄
令你怦然心动

你这向阳的红花呀
也许还不知道
我就是其中那株
想用牙咬住太阳的向日葵
而现在
我只想轻咬你的耳朵
祝你一路平安

给兰子

兰子
在这个冬夜
我内心充满了对你的想念
在远离你的日子
没有一个人
用手一遍遍抚摸我的脸
再理顺我散乱的头发了
没有一个人
将我静静地凝视
再把头靠过来
用鼻子亲昵我的鼻子了
也没有一个人
把洋芋烤熟
用木片把皮刮干净
吹吹
再递给我
看着我把它吃完了
更没有人
在寒冷的冬夜
用滚烫的胸口

捂热我的心

劝我少喝一点酒了

兰子

在这个冬夜

如一首歌所唱的

"真的好想你"

我真想说

我是属于你的

包括这首诗

我想,只要自己有的

都把它献给你

然而,除了诗外

我没有什么再好的礼物献给你了

所以,我用心写这首诗

再找个地方发表

让人们知道我是多么爱你

我想,有一天我会死去

而这首诗会留下来

一个叫兰子的姑娘

也会活在诗里

幸福地微笑

真的会这样么

能这样多好

然而,兰子

除了你之外

还没有一个人知道

我的诗写得多棒啊

在这个世上

只有你才会说

只要是我写的你都喜欢

呵,兰子

我的傻兰子

我的金兰子

在这空空的夜里

面对空空的酒杯

我讷讷地说

兰子

我是你的"野人"啊

我是你的"疯子"啊

没有你

我不知道去哪里撒野
也不知道去哪里发疯了
兰子
你听到了吗
你怎么不说一句话
呵,兰子
我的金兰子

给爱人

你用秀发遮盖住我的眼
我的黑夜就这样降临
伸出手
就能触摸到柔软的白天
那是多么神奇的事
当我的舌尖
被你轻轻咬住
我的心在说
你是我今生吻不够的女人啊
你是我今生抱不够的女人啊
你是我今生爱不够
来世还要爱的女人啊

我总是那么迫不及待

我总是那么迫不及待
想在听见之前
成为声音
看见之前
成为目光
只要一个念头
就能在你的身旁

我总是那么迫不及待
想用一万只手搂紧你
用舌尖上的火
把你点燃

我总是那么迫不及待
比闪电还要急迫

如果没有了你

如果没有了太阳、月亮和星星
天空又有什么意义
如果没有了游鱼和帆船
大海又有什么意义
如果没有了呼吸
空气又有什么意义
如果没有了飞翔
翅膀又有什么意义
如果没有了思想
头脑又有什么意义
如果没有了足迹
道路又有什么意义
如果没有了情
爱又有什么意义
如果没有了你
我又有什么意义
呵,爱人
不要说我离不开女人
我只是离不开你这个女人

雪

冬天

我轻声叫一声雪

雪就从遥远的天空

轻盈地飘落下来

我就这样远远地望着雪

近了

怕自己的情将她融化

想着雪的时候

脖子上就有了

湿漉漉的感觉

用手一摸

才知那是雪留下的

初吻

雪落女儿国

雪轻轻地

落在泸沽湖上

比雪还轻的

是我的脚步

落在姑娘的心上

花楼里

住着我如水的摩梭女人

她的笑容

能融化千年的雪

她的目光

能融化万年的冰

每次我烟一样飘进去

就会在爱里迷失

雪中想起仓央嘉措

除了泸沽湖水

世界一片白茫茫

走出花楼

我想起你

六世达赖仓央嘉措

想起你在布达拉宫

雪地上的足迹

不禁哑然失笑

这时

天空正使劲用一场雪

让一个俗人的行走

了无踪影

别样的爱

并非所有的爱
都适合你
就像雪
它吻过的一些花死了
只有梅
吐艳

当你不再爱我

当你不再爱我
太阳跌进了阿夏幽谷
月亮沉进了泸沽湖
星星藏进了斯布炯神山
世界一片漆黑
除了风的呜咽
再也没有什么
心想这可能就是地狱了
可心已碎了

其实,我是在天堂的
只是没有了爱
天堂如同地狱般黑暗

碎

我知道碎

我知道一块布

怎样在剪刀下碎

我知道碎

我知道一簸箕荞麦

怎样在石磨里碎

我知道碎

我知道一堆石头

怎样在粉碎机里碎

…………

呵,我真的知道碎

我知道一颗心

怎样在爱里碎

那种看不见的碎

比碎还碎

谁偷走了我的睡眠

我曾多么贪睡
枕着石头
也能把无数个白天
睡成黑夜
然而,不知什么时候开始
枕着白云
我也无法入睡了
我不知道
谁偷走了我的睡眠
让我再也梦不到心爱的人

远走的爱

爱远远地走了
爬上山头
也看不到她的身影
（可是，我还在等待）

爱远远地走了
走进深谷
也听不到她的回音
（可是，我还在等待）

远走的爱啊
也许春天的时候
带着花香来
也许冬天的时候
踩着一地的暖阳来
也许永远不再回来
（可是，我还在等待
我的等待
比永远还远）

泸沽湖恋曲

一

天黑了
什么也看不见
只有泸沽湖
在心里亮着
照着一条弯曲的路

二

没有女人陪伴的旅途
注定是寂寞的
想不起女人的旅途
注定走向了死亡

三

一路风尘
盘腿坐在火塘边
"阿哥累了吧"

端上茶
那热气
像她一样袅娜

四

沿着湖边
沿着传说
沿着林荫小道
就能遇见梦中的女人
刚说了几句心里话
一只狗已窜到了脚下

五

燃起篝火
吹响笛子
跳起欢快的锅庄舞
原谅踩了你的脚
拉着你的手

只想在你手心抠一下
告诉你
我已爱上了你

六

别把门关紧
别把窗关死
别装熟睡了
轻轻投一小块石头在房上
问路怎样走
不开门也行
只要开一下窗
不开窗也行
只要听听
你就能听到
一颗心怎样为你而跳

七

我不知道先爱上这个村庄
才爱上的你
还是爱上你之后
喜欢上了这个村庄

八

再回过头去
再回过头去看看泸沽湖
看看猪槽船
看看被抠了下的手心
先是吃惊
后笑了笑
再低下头的女人
我不知道
自己还能不能走出泸沽湖

披星戴月的女人

你把星星摘来

绣在披肩上

你说不要太多

只要七颗

你把月亮摘来

绣在披肩上

你说不要太大

只要一弯月牙儿

作为披星戴月的女人

你说在最美丽的时候

学会低头

才会美丽一生

为了守护你一生的美丽

我像一头雄狮

昂首天外

飞来的雪山

世界就是这样奇妙

一瞬间,一座雪山

穿越时空

显现在手机屏上

此刻,黑暗已潜入

城市的街巷

我正乘地铁

穿过城市的心脏

遥远的高原上

落日的余晖

正给雪山涂上一层金黄

你一瞬间的定格

让阳光停顿下来

让天空泛着的蓝停顿下来

让爱停顿下来

让一切美好的事物停顿下来

身边的风

从我身边吹过的风
会到达某个地方
那是我今生不可能抵达的
如果那里有什么不幸
风啊,请带走吧
请把所有的不幸都带走吧

从我身边吹过的风
会到达她的身旁
那是我今生不可能忘记的
如果她还是那么忧伤
风啊,请带走吧
请把所有的忧伤都带走吧

从我身边吹过的风
最终会回到我的身边
啊,风
请看一下我吧
请吻一下我吧
再把你带来的所有不幸和忧伤
系在我的头上

有一个念想的人

我听到了窗外的鸟鸣

那是一群麻雀

在吵闹

还有两只喜鹊

在欢快地交谈

每天早晨

在鸟声里醒来

默想一下你

心情就会长出快乐的翅膀

这个世界

有那么一个人

时常地让你念想

我不知道

还有什么比这更幸福

温泉忆旧

那时候
天然温泉
还没有被人为隔开
随一群女子的欢叫
只见一道白光
一个女孩
被同伴推入水里

接下来——
一阵嗔怪声里
我感觉到
喷涌的泉水
越发温润腻滑

我不敢动弹
心如一锅煮沸的水
不停翻腾

爱的感觉

那时,夏天是凉爽的
因为恋人把春天
绣进了手绢

那时,冬天是温暖的
因为恋人把一个夏天
织进了围脖

后来,我才发现
夏天,烦躁的蝉
脱了壳
不停地叫着寂寞

冬天,凛凛的风
撕破了脸
不停地嚎着孤独

摩梭女人

她美丽的容颜

深深地镌刻在

岁月的心壁

盘在头上的粗大发辫

镶嵌着太阳和月亮

众多的星星

在黑辫间闪烁

她曾把发辫解下来

给我当枕头

让我从今生睡到了前世

她用甜美的微笑

陶醉我的夜晚

用时光敲打的银手镯

碰响我的黎明

用古老的情歌

引渡我碰见爱神

她悄悄留的门

曾被先于我抵达的风推开

引爆一串串狗吠

她为我流的泪

曾激起天河的微澜

然而,在翻过了九十九座山之后

我没能翻过最后一座山

在蹚过了七十七条河后

我没能蹚过最后一条河

…………

如今,我们再次相见

她让自己的男人

给我递上烟

招来英俊的儿子

给我倒上苏里玛酒

唤来美丽的女儿

给我端上酥油茶

自己悄悄在一旁

站成一根

摩梭人家才有的女柱

默默撑起我头顶

欲跨的一小片天